Heinrich Zille wurde 1858 im sächsischen Radeburg geboren. Als Neunjähriger kam er mit seinen Eltern nach Berlin, wo er 1929 verstarb. Heinrich Zille war Lithograph, Zeichner, Karikaturist und Grafiker und ein Mann der sozialkritischen Dokumentationen. Seit der Jahrhundertwende ist er bekannt für seine liebevollen und humorigen Darstellungen des Berliner Proletariermilieus, die aber nicht auf satirisch-anklagende Wirkung verzichten. Zille zeichnete u. a. für die *Lustigen Blätter,* die *Jugend* und den *Simplicissimus.*

Vollständige Taschenbuchausgabe mit 40 Abbildungen
Droemersche Verlagsanstalt Th. Knaur Nachf. München
Lizenzausgabe mit freundlicher Genehmigung des
Schirmer/Mosel Verlages, München

Druck und Bindung Ebner Ulm
Printed in Germany · 1 · 17 · 184
ISBN 3-426-01084-4

1. Auflage

# Heinrich Zille:
# Hurengespräche

Mit einem Vorwort von Winfried Ranke

Knaur®

*Heinrich Zille, Skizze zu den »Hurengesprächen«,*
*Bleistift und Tusche, ca. 1913*

ISBN 3-426-01084-4 580

# Vorwort

Die »Hurengespräche, gehört, geschrieben und gezeichnet von W. Pfeifer« erschienen erstmals 1913 in Berlin. Die Höhe der damaligen Auflage ist nicht bekannt. Der großformatige Privatdruck mit chinesischer Fadenbindung hat einen einfachen Kartonumschlag, auf dessen Vorder- wie Rückseite abstrakte Chiffren das weibliche Geschlechtsorgan symbolisieren. Er enthält ein Titelblatt, ein Inhaltsverzeichnis, vierzehn Vollbilder und siebenundzwanzig Textseiten mit einundzwanzig eingestreuten kleineren Illustrationen. Alle Druckseiten der Erstausgabe wurden vom Stein gedruckt: die Vollbilder sind Kreidelithographien, die Textseiten mit den eingestreuten Illustrationen wurden mit der Feder auf den Stein geschrieben und gezeichnet. Von dieser Ausgabe existieren seltene handkolorierte Exemplare, die vom Künstler selbst hergestellt wurden.

Aus bibliographischen Hinweisen in einschlägiger Literatur ist zu entnehmen, daß der Privatdruck von 1913 schon durch den Berliner Kunsthändler und Verleger Fritz Gurlitt betreut wurde. Ein verläßlicher Beleg dafür ließ sich jedoch nicht finden. Allerdings hat Gurlitt zumindest in späteren Jahren Interesse an dem Werk bekundet. Im »Gurlitt-Almanach auf das Jahr 1920« wird unter den geplanten Ausgaben des Fritz Gurlitt-Verlages auf eine »Sammlung erotischer Privatdrucke mit Originalgraphik, herausgegeben von Alfred Richard Meyer« hingewiesen; unter den neun Bänden der ersten Folge sind auch »Hetärengespräche« von Heinrich Zille angekündigt. Ein Brief Zilles vom 5. 11. 1919 bestätigt ebenfalls, daß er an »Hetärengesprächen« arbeitete. In der erschienenen Serie, die durch den 1921 gegen Gurlitt angestrengten »Venuswagen-Prozeß« bekannt wurde, ist jedoch kein Beitrag von Heinrich Zille enthalten. Offenbar wurde die Publikation der »Hetärengespräche« damals aus Sorge vor staatsanwaltlichem Einspruch doch nicht riskiert. Ein lithographierter Privatdruck, den man als eine – wie immer variierte – Neuausgabe der »Hurengespräche« von 1913 bezeichnen könnte, ist bisher nicht bekannt geworden.

*Heinrich Zille, Skizze zu den »Hurengesprächen«, Kohle, ca. 1913*

Es existiert jedoch ein kleinformatiger Offsetnachdruck (18,5 × 14,4 cm), in dem einige der Vollbilder mit »H. Zille« signiert sind. Die hier wieder publizierte Lithographie zu dem Bericht von »Lutschliese« ist darin als Schlußbild enthalten. Das verschiedentlich anzutreffende signierte Einzelblatt wie die im Nachdruck erkennbaren Signaturen lassen vermuten, daß eine Neuausgabe unter dem Namen des Autors geplant war und wahrscheinlich auch in einer Form vorlag, die als Vorlage für den billig aufgemachten Offsetnachdruck benutzt werden konnte.

Die Autorschaft Heinrich Zilles an Text und Bildern der »Hurengespräche« wird nicht nur durch den Darstellungsstil und die in Sprachform wie anschauliches Detail eingegangene Milieukenntnis belegt. Es existieren eine Reihe von Einzeldrucken der Vollbilder aus den »Hurengesprächen«, die auf verschiedenes Papier in variierenden Formaten gedruckt sind und Zilles handschriftlich in Blei ausgeführte Signatur tragen. Diese Blätter sind schwerlich alle als Probe- bzw. Zustandsdrucke aus der Zeit der Erstausgabe einzuschätzen. Vermutlich stammt zumindest ein Teil der Exemplare aus einer späteren Nachauflage, die jedoch von den Originalsteinen abgezogen wurde. Zille könnte diese Steine 1919 für die »Hetärengespräche« aufgefrischt haben und nach Scheitern der geplanten Publikation im Einvernehmen mit Gurlitt Abzüge davon als signierte Einzelblätter vertrieben haben. Im übrigen wird es unter Kennern auch schon 1913 kein Geheimnis gewesen sein, wer sich hinter dem Pseudonym W. Pfeifer verborgen hielt. Aus einer von Zilles Hand stammenden Widmung in einem Exemplar der Erstausgabe geht hervor, daß er mit dem gewählten Decknamen offen kokettierte.

Heinrich Zille hatte das Lithographenhandwerk erlernt, war während seiner dreißigjährigen Tätigkeit bei der »Photographischen Gesellschaft« in Berlin vornehmlich mit Reproduktionsarbeiten im Tiefdruckverfahren beschäftigt und hatte seit 1907 als freiberuflicher Zeichner für Witzblätter und satirische Zeitschriften sein Auskommen gefunden. Etwa seit 1890 unternahm er Anstrengungen, neben seinem Brotberuf eine eigene künstlerische Ausdrucksmöglichkeit zu finden und diese im Austausch mit Künstlerkollegen aus dem Kreis der »Berliner Sezession« weiterzuentwickeln. Dabei benutzte er lithographische Techniken nur noch äußerst selten. Sein erstes Mappenwerk, die »Zwölf Künstlerdrucke« von 1905, enthielt nur Radierungen und Heliogravuren nach Kreidezeichnungen. Die »Hurengespräche« sind das zweite große Werk, dessen Umfang und Anlage Zille offenbar weitgehend nach eigenen Vorstellungen geplant hat. Hierzu griff er nach langer Zeit erstmals wieder auf die Lithographie als Darstellungsmöglichkeit und Vervielfältigungsverfahren zurück. Nicht nur die Vollbilder, sondern auch die mit Feder gezeichneten, in den Text

*Heinrich Zille, aquarellierte Lithographie, Variante zu den »Hurengesprächen«*

eingestreuten Vignetten und der vermutlich von anderer Hand geschriebene Text wurden auf den Stein aufgetragen und Blatt für Blatt vom Stein gedruckt.

Welche Mühe und Sorgfalt Zille für sein erstes lithographisches Mappenwerk aufwandte, belegen sechs Zeichnungen, die kürzlich aus Privatbesitz auftauchten und hier erstmals veröffentlicht werden. Sie beziehen sich auf Vollbilder zu den Berichten von »Pauline«, »Alma«, »Pinselfrieda«, »Bollenjuste« und »Lutschliese« und dokumentieren unterschiedliche Stadien der Bild-Erfindung.

Die mit groben, sich vielfach korrigierenden Federstrichen angelegte Szene der Ungeziefersuche zwischen »Pauline« und ihrem Bruder ist von der ausgeführten Lithographie noch relativ weit entfernt; die in kräftigen Kohlestrichen fixierte Situation im Schlafzimmer von »Bollenjuste« und ihrer Mutter erfaßt schon die wesentlichen Merkmale der Figuren und ihrer Beziehungen untereinander so, wie sie im ausgeführten Litho auch erscheinen. Die anderen Kohlezeichnungen liegen ebenfalls ziemlich dicht an den endgültigen Formulierungen der Lithographien und können deshalb als fortgeschrittene Fassungen der Bildidee gelesen werden. Allerdings ist da ein Indiz, das nicht recht ins Bild vom künstlerisch-zielstrebigen Produktionsprozeß passen will. Von den sechs Zeichnungen ist nur die von »Lutschliese« erzählte Treppenhausszene seitenverkehrt zur lithographierten Endfassung angelegt. So müßten, wenn man die Blätter als Vorstadien auf den Stein zu übertragender Bilder auffaßt, eigentlich alle Zeichnungen aussehen. Da fünf jedoch seitenrichtig zu den entsprechenden Lithos angelegt sind, bestünde auch die Möglichkeit, sie als variierende Studien für die geplante Zweitauflage zu verstehen. Ihre teilweise noch sehr skizzenhafte Anlage spricht allerdings eher dafür, daß Zille seine Entwürfe so zeichnete, wie sie dem Betrachter des Werkes später vorliegen sollten. Die für den Steindruck erforderliche Seitenverkehrtheit könnte dann entweder durch Umzeichnung oder durch Abklatsch erzielt worden sein. Aus der Kenntnis Zillescher Arbeitsweisen scheint es deshalb naheliegender, in diesen Blättern doch Annäherungen an jene Endfassungen zu sehen, die Zille 1912/13 in virtuoser Beherrschung von Kreidestrich und körnigem Zeichengrund auf den Stein übertragen hat.

Zilles erotisches Vergnügen an drall gerundeten weiblichen Formen läßt sich aus vielen seiner Zeichnungen ablesen. Es wurde

*Heinrich Zille, Skizze zu den »Hurengesprächen«, Kohle, ca. 1913*

auch schon von Eduard Fuchs in seiner »Geschichte der erotischen Kunst« gewürdigt und charakterisiert. Die »Hurengespräche« und eine Reihe anderer Darstellungen von eindeutig sexuellen Situationen, die von Zilles Hand stammen, beweisen jedoch mehr als bloß anschauende Neugierde. Sie zeugen von einer Vertrautheit mit dem Milieu und den Verkehrsformen der Berliner Prostitution, die nur aus nahsichtiger Beobachtung und – im umfassenden Sinne des Wortes – intimer Kenntnis von Personen und Verhältnissen hervorgegangen sein kann. Dadurch erhalten die nach dem Schema von Boccaccios »Decamerone« konzipierten Selbstdarstellungen von acht Berliner Nutten etwas professionell Schamloses, das von den Empfindungen und Entrüstungen Außenstehender gar nicht tangiert wird. In Wort und Bild teilen sie nicht nur etwas von sozialer Depravation und moralischer Unempfindlichkeit mit, sondern auch etwas von einer immer noch möglichen Lust.

In der unsentimentalen Selbstbewußtheit der Erzählungen und der unverhüllten Drastik der Illustrationen unterscheiden sich die »Hurengespräche« von vielem, was damals in Berlin über die kriminelle und sexuelle Verkommenheit großstädtischer Unterschichten geschrieben und veröffentlicht wurde. Unmittelbar anregend für Zille dürfte die von Hans Ostwald herausgegebene Reihe »Großstadtdokumente« gewesen sein. Darin war schon um 1908 ein Beitrag von Dr. med. Wilhelm Hammer erschienen: »Zehn Lebensläufe von Berliner Kontrollmädchen«. Waren solche Publikationen jedoch immer bemüht, das Abwegige und Erschütternd-Aufregende der Darstellung durch Konfrontation mit dem Normenkatalog der bürgerlichen Gesellschaft zu disqualifizieren und zu entschärfen, so enthielt sich Zille all solcher absichernden Bezugnahmen. Aus dieser Beschränkung resultiert sicher das, was man als pornographische Direktheit und Eindeutigkeit bezeichnen muß, aber gleichzeitig auch eine Authentizität des Geschilderten, die diese »Hurengespräche« zu einem beachtlichen Stück sozialdokumentarischer Literatur macht.

*Winfried Ranke*

*Heinrich Zille, Skizze zu den »Hurengesprächen«, Bleistift und Tusche, ca. 1913*

# Hurengespräche

Gehört, geschrieben und gezeichnet
von W. Pfeifer.

Berlin 1913.

Berlin O,
Nachts in einem
Bouillonkeller.
Olga
Pauline
Rosa
Alma
Pinselfrieda
Bollenguste
Lutschliese
Minna

Berlin O,
Nachts in einem
Bouillonkeller.

Olga
Pauline
Rosa
Alma
Pinselfrida
Bollenguste
Lutschliese
Minna.

**Olga:**

Pauline, Kutscherklara sagt dein Liebster ist dein Bruder, na weeßte – nu jeh mir eener mit den Finger aus den Mund! Wie biste denn da druff jekomm'?

**Pauline:**

Un wenn schon! Det schad ja nischt, det wird ja wieder abjewischt! Warum soll ick mir mit nen faulen Luden rumbaljen un' um de Neese ferzeln lassen! Orje war mir schon als Junge jut, wir fing'n schon kleen an det Pißzeig zusamm zustecken. Det is' ja richtig, hätt'n wir nich so dreckig jewohnt un' wär'n nicht so arm jewesen, dann wär woll manches anders jeworden.

Na, wenn ick noch so dran denke. Amalienstraße in's Scheinviertel. Den janzen Tag war'n wir allene, die Oll'n jingen arbeeten, ick kochte den Fraß

Olga:

Pauline, Kutscherklara sagt dein Liebster ist dein Bruder, na weeßte — nu jeh mir weener mit den Finger aus den Mund! Wie biste denn da= druff jekomm'?

Pauline:

Un wenn schon! Dat schad ja nischt, dat wird ja wieder abjewischt! Warum soll ik mir mit nen faulen Luden rumbaljen un' um die Nase ferzeln lassen! Orje war mir schon als Junge jut, wir fingn schon kleen an dat Pißzeig zusamm zustecken. Dat is' ja richtig, hätt'n wir nich so dreckig jewohnt un' wär'n nich so arm jewesen, dann wär woll manches anders jeworden.

Na, wenn ik noch so dran denke, Amalienstraße ins Schweinertal. Den janzen Tag war'n wir al= leene, die Oll'n jingen arbeeten, ik kochte den Fraß

*Heinrich Zille, aquarellierte Lithographie, Variante zu den »Hurengesprächen«*

un' hatte die Kleen uff'n Halse. Die lieben Kleen – ieberhaupt die drei letzten – na! Hela hatte die englische Krankheit, kakte in die Dielenlöcher un schmiertes Willi'n, der dämlich war, in's Jesichte.

Willi rutschte uff den Dielen rum un' riß sich Splitter in Arsch. Weil ick nich nach Schule kam mußte Mutter det in Barum absitzen un' die Lehrer verdreschten mir den M'arsche. Ach Jott ja, die Lehrer! Die hab'n mir immer anjeklaut, ick war aber ooch schon een strammes Balj mit Ditten un' dicke Beene un hatte det ooch schon mit de Banane raus. Der erste der mir vorgekneppt hat war een oller dreckijer Hausierer, der uff uns'en Korridor wohnte. Der hat sich rinjeschlichen un' mir uff Mutter'ns Stoßlade überjebogen. Er hat mir jeschunden un' volljeklirt, die olle dreckije Hottepese, Orje hat an de Türe jehaun un' jebrüllt, aba nachher hatt'n sich Vater mit de Axt vorjenomm, da jab's Stob. Vater kam uff een Jahr nach die Plötze, den Hausierer konnt'n se nischt der hatte en Jagdschein. Der Olle saß un Mutter jing Lumpen sortier'n, oben in die Mühlenstraße, in die Stampe un' brachte Lause mit. Brachte sie sich mal heimlich een Wonneproppen mit, dann sollt'n wir Jroßen uff' die Straße, hab'n uns aber an de Türe jeschlichen un' durch kleene Löcher zugekiekt. Orje schlief mit ihr uff die Erde in nen ollen Bettkasten, nu hat er ihr mal nachts an's Jeschwür jeklaut, dafor mußte er zu die un' hatte die Kleen uff'n Halse. Die lieben Kleen – iberhaupt die drei letzten – na! Hele hatte die englische Krankheit, kackte in die Diel'nlöcher un' schmierte's Willin, der dämlich war, ins Jesichte.

Willi rutschte uff den Dielen rum un' riß sich Splitter in Arsch. Weil ik nich nach Schule kam mußte Mutter det in Barnim absitzen un' die Lehrer verdroschten mir den M'arsch. Ach Jott ja, die Lehrer! Die hab'n mir immer anjeklaut, ik war aber och schon een strammes Balj mit Titten un' dike Beene un hatte det och schon mit de Banane raus. Der erste der mir vorjeknuppt hat war een oller dreckijer Hausierer, der uff unsern Korridor wohnte. Der hat sich rinjeschlichen un mir uff' Mutterns Stoßlade überjebogen. Er hatt mir jeschändet un' volljeklirt, die olle dreckije Gotthase, Orje hat an de Türe jehaun un' jebrüllt, aber nachher hatt'n sich Vater mit de Axt vorjenommen, da jab's Stob. Vater kam uff een Jahr nach die Plötze, den Hausierer konnt'n se nischt der hatte en Jagdschein. Der Olle saß un Mutter jing Lumpen sortier'n, oben in die Mühlenstraße, in die Stange un' brachte Läuse mit. Brachte sie sich mal heimlich een Mannsproggen mit, dann sollt'n wir Jroßen uff' die Straße, hab'n uns aber an de Türe jeschlichen un' durch kleene Löcher zujekiekt. Orje schlief mit ihr uff die Erde in een ollen Bettkasten, un hat er ihr mal nachts an's Jeschwür jeklaut, dafor mußte er zu die

*Heinrich Zille, Skizze zu den »Hurengesprächen«,*
*Bleistift und Tusche, ca. 1913*

Pauline.

Kleen un ick in den Kasten. Die Kleen hab'n ihn anjepisst un da lag er lieber in Vaters Bett bei die bucklije Hofsänger'n, an die wir det Bette vermiet hatten. Die hatt'n anjelernt. Er hatte schon Haare dran und bei's ablausen fand ick Filzlause drinn, die war'n von die Bergrätin, die hat nu Mutter rausjeschmissen. Er war een strammer Bengel un' een juter Junge, un' brachte mir jleich bei wat er bei die Astowitzen jelernt hatte. Wie uns Mutter mal nachts bei faßte gabs keen Meck Meck, wir wußten zu ville von ihr. Wie er in die Lehre außerhalb kam, bin ick nach meine Insejnung ooch abjehau'n. Blos um von die Arbeet un' die dreckigen Jöhr'n wejzukomm, die ooch jarnich mal von mein Vater warn, die Oll'n hab'n sich det jenug vorgeschmissen un' sich verhaun. Da hab ick mir nu mein Jeschäft uffjemacht. Meine Eltern habe ick nich wieder jeseh'n, Mutter is' tod, det weeß ick.

Aber nu! Vorigtes Jahr war's, ick sitze in Brühkeller bei die rote Lena, det kommt een strammer Mensch an mein Tisch, ick nehm unter die Lupe, et war keen Stammjast – wat soll ick sagen – Orje!

Ich erkannt'n an sein rotet Mal uff die Jesichtsbacke, ick habe ooch een aba ick sitze druff. Mutter hatte sich, wie se mit mir jing, ooch mal erschrocken, aber nich in's jesichte jefaßt. War det een Wiedersehn nach so ville Jahre, die Freide!

Kleen un ik in den Kasten. Die Kleen habn ihn anjegißt un da lag er lieber in Vaters Bett bei die bucklije Hofsängerin, an die wir dat Bette vermiet' hatten. Die hatt'n anjelernt. Er hatte schon Haare dran und bei's ablausen fand ik Filzläuse drinn, die war'n von die Bergrätin, die hat nu Mutter raus-jeschmissen. Er war een strammer Bengel un' een juter Junge, un' brachte mir gleich bei wat er bei die Astowitzen jelernt hatte. Wie uns Mutter mal nachts beifaßte gabs keen Muck Muck, wir wußten zu ville von ihr. Wie er in die Lehre außer-halb kam, bin ik nach meine Einsejnung doch abje-haun. Blos um von die Arbeet un' die dreckigen Göhr'n wegzukomm, die doch jewiß mal von mein Vater war'n, die Oll'n habn sich dat jenug vorje-schmissen un' sich verhaun. Da hab ik mir nu mein Jeschäft uffjemacht. Meine Eltern habe ik nich wieder jesehn, Mutter is' tod, dat weeß ik.

Aber nu! Voriges Jahr war's, ik sitze in Bräu-Keller bei die rote Lene, dat kommt een strammer Mensch an mein Tisch, ik nehm unter die Lupe, et war keen Stammjast – wat soll ik sagen – Oeje!

Ik erkannt'n an sein rotet Mal uff die Jesichtsbacke, ik habe doch eens aba ik sitze druff, Mutter hatte sich, wie se mit mir jing, doch mal erschrocken, aber nich' ins Jesichte jefaßt. War dat een Wiedersehn nach so ville Jahre, die Freude!

Linchen sagt er, det wird schon Tag, ick habe een Knallbonbon in die Hosen der lauert uff dir, die fünf Jrosch'n kannste dir ooch verdien, komm!

Vier Tage lang hab' ick keen Mann die Türe uff' jemacht, so hab'n wir det Wiederseh'n jefeiert!

**Olga:**

Kutscherklara sagt dein Vater is' vorgestern ooch bei dir jewesen, wenn der nu dein Bruder erkannt hätte, det sin' nu beede Schwager. Sie kennt ihn schon von früher, er liegt in Schlafstelle wo se abends klettern jeht.

**Pauline:**

Ick weeß nich ob der Olle noch lebt, von Mutter, dat weeß ick, die is tod. Ick hab' ihn 15 Jahre nich mehr jesehn un' wern ooch nich mehr kenn.

Janz so andersch war's mir ooch, als ob ick mir mit dem Mann nich soll inlaßen – na – wenn er's war – scheiß – hinten kam er noch hoch!

Linchen sagt er, det wird schon Tag, ik habe een Knallbonbon in die Hosen der lauert uff dir, die fünf Jroschen kannste dir ooch verdienen, komm!

Vier Tage lang hab' ik keen Mann die Türe uff' jemacht, so hab'n wir det Wiedersehn jefeiert!

Olga:

Kutscherklara sagt dein Vater is' vorgestern ooch bei dir jewesen, wenn der nu dein Bruder erkannt hätte, det sin' nu beede Schwager. Die kennt ihn schon von früher, er liegt in Schlafstelle wo se abends Klattern jeht.

Pauline:

Ik weeß nich ob der Olle noch lebt, von Mutter, det weeß ik, die is' tod. Ik hab' ihn 15 Jahre nich mehr jesehn un' werre ooch nich mehr kenn.

Janz so andersch war's mir ooch, als ob ik mir mit den Mann nich soll inlassen — na — wenn er's war — scheiß — hinten kam er noch hoch!

Rosa

**Rosa:**

Det is' nich blos bei arme Leute so, det kommt in die feinsten Familien vor.

Dein Bruder Orje wird deine Mutter von nen janz anderen Mann hab'n, drum is' er so scharf uff dir. Wenn ooch dein Vater sollte dein Vater sin, du kennst'n nich, er kennt dir nich! Det kann doch Keener verlang'n det man jeden Stubb'n mang die Arbeet frag'n soll: Sind Sie vielleicht mein Papa?

Meine Mutter hat mir noch uff's Sterbebette jesagt det ick von mein Vater bin und er hat mir uff'n Jewissen. Er hat sitzen müssen wejen mir und weiß Gott, ich will auf der Stelle erblinden, wenn ich Schuld war. Ich war zwölf Jahr, da hat er mir schon beklaut und habe zugesehn wenn er nacht's bäuchelte.

Rosa:

Det is' nich bloß bei arme Leute so, det kommt in die feinsten Familien vor.

Dein Bruder Orje wird deine Mutter von 'nen janz andern Mann hab'n, drum is' er so scharf uff dir. Wenn och dein Vater sollte dein Vater sin', du kennst'n nich, er kennt dir nich! Det kann doch keener verlang'n det man jeden Stubb'n mang die Arbeet fragn soll: Sind Sie vielleicht mein Papa?

Meine Mutter hat mir noch uff's Sterbebette jesagt det ick von mein Vater bin und er hat mir uff'n Jewissen. Er hat sitzen müssen wejen mir und weiß Gott, ich will auf der Stelle erblinden, wenn ich Schuld war. Ich war zwölf Jahr, da hat er mir schon beklaut und habe zugesehn wenn er nachts bäumelte.

Rosa.

Wie Mutter krank wurde und se hat lange gelegen, brauchte sie ihr Bett alleene und ick mußte bein Vater schlafen, da hat er mir jleich nen verpaßt. Mutter is' in Urban gestorb'n, sie hat alles jewußt, aber nischt verraten. Durchs Kind ist's raus jekomm, wie se mir in die Schariteh entbunden haben, ins' Milchfieber hab icks ausjequatscht.

In Moabit, uff's Jericht, hab'n se den Oll'n ausjelacht wie er jebrüllt hat: Daß ist mein irdisches Recht, ich kann die Frucht, die ich gesäet habe, auch genießen!

Vor een Jahr hat er sich erst erseeft, nacht's von die Brücke wo ick nach zwölwe immer stehe. An det eiserne Jeländer hat er mitjearbeet, er war Kunstschmied.

Wie Mutter krank wurde und se hat lange ge-
legen, brauchte se ihr Bett alleene und ick mußte
bein Vater schlafen, da hat er mir jleich nen ver-
paßt. Mutter is' in Urban gestorb'n, sie hat alles
jewußt, aber nischt verraten. Durchs Kind ists raus-
jekomm, wie se mir in die Charitee entbunden haben,
ins Milchfieber hab icks ausjequatscht.

In Moabit, uffs Jericht, hab'n se den Oll'n ausje-
lacht wie er jebrüllt hat: Daß ist mein irdisches
Recht, ich kann die Frucht, die ich gesäet habe, auch
genießen!

Vor een Jahr hat er sich erst ersauft, nachts,
von die Brücke wo ick nach zwölwe immer stehe.
An dat eiserne Jeländer hat er mitjearbeet,
er war Kunstschmied.

**Alma:**

Wenn ihr so offenleibig seid dann hört mal meins. Mir ging's auch so, ich kam durch meinen Vater in die Fürsorge. Schuld ist er aber ich habe ihn lieb gehabt. Da ist aber nischt mehr zu woll'n, nischt zu löten an die Holzkiste. Das kam durch unsern Schlafburschen, een dreckigen, beschnittenen Juden: Kerl ohne Vorhaut, sei nicht so vorlaut – aber richtig!

Nackend lag er und aufgedeckt im Bett, wenn ihn meine Mutter früh Kaffee brachte und prahlte mit seinen dicken Pröppke: er sei klein aber fleißig. Na ich weiß, mein Vater hatte was vorzuzeigen und war auch fleißig – na also mit dem Itzig ist Mutter ausgerückt.

Das war ein Schlag ins Contor. Vater war immer ein Grübler und las viel, nun wurde er ganz still und traurig und dachte an Mutter, er war sehr zusammgeklappt. Nu ich und die Wirtschaft, ehe ich mich reinfand, war immer in Stellung gegangen. Aber das lernte sich, bald sah's Tipp Topp bei mir aus, verstand ne gute Abkoche, was Vatern wieder hochbrachte.

Anna:

Wenn ihr so offenleibig seid dann hört mal meins. Mir ging's auch so, ich kam durch meinen Vater in die Fürsorge. Schuld ist er aber ich habe ihn lieb gehabt. Da ist aber nichts mehr zu woll'n, nichts zu löten an die Holzkiste. Das kam durch unsern Schlafburschen, nen dreckigen, beschnittenen Juden: Aal ohne Vorhaut, sei nicht so vorlaut – aber richtig!

Nackend lag er und aufgedeckt im Bett, wenn ihn meine Mutter früh Kaffee brachte und prahlte mit seinem dicken Pröggke: er sei klein aber fleißig. Na ich weiß, mein Vater hatte was vorzuzeigen und war auch fleißig – na also mit dem Itzig ist Mutter ausgerückt.

Das war ein Schlag in's Kontor. Vater war immer ein Grübler und las viel, nun wurde er ganz still und traurig und dachte an Mutter, er war sehr zusammengeklappt. Nu ich und die Wirtschaft, ehe ich mich reinfand, war immer in Wallung gegangen. Aber das lernte sich, bald sah's Zigg Zogg bei mir aus, verstand ne gute Abkochs, was Vatern wieder hochbrachte.

*Heinrich Zille, Skizze zu den »Hurengesprächen«, Kohle, ca. 1913*

Froh erwache
jeden Morgen

Die Weiber stellten ihm nach, aber er brachte sich keine mit, mir sah er alles an den Augen ab.

Kam pünktlich nach Hause, trank nicht, las viel und dann erzählten wir uns von Mutter, die blieb verschwunden. Sie hieß auch Alma und ich war ihr ganz ähnlich, er nahm mich manchmal auf sein Schoß und tat wie ein Verliebter. Eines nacht's weckt er mich und lag auch schon neben mir. Ich lag bloß. Er war naß vom Schweiß, nannte mich seine kleene Alma und betastete mich, ich mußte ihm nur immer die Hände halten. Er war stark und hatte schwarze Haare auf Brust und Hintern, ich kann haarige Männer leiden, – bloß aber mit dem eigenen Vater – ich wehrte mich.

Er tuschelte mir in's Ohr, ich sei das Lustgefühl was er mit Mutter gehabt als sie mich machten, ich sei die Liebe der Eltern, die weiterlebt im Kind. Er will mich die Wonneschauer fühlen lassen die er hatte, als ich mich von ihm löste und ich würde auch die Wollust der Mutter haben, die mich empfangen. Meine Glut würde als heilige Kindesliebe mit seiner Vaterliebe zusammenfließen zur irdischen Seligkeit.

So war es. Er konnte schön sprechen, er hat's mir später noch aufgeschrieben. Hab's den Stiftnutten in Dosenheim manchmal nacht's deklamiert, vorm Einschlafen, mit den Fausthandschuhen über der Zudecke. Ich habe geheult und mich gewehrt, gekratzt, aber dann hab ich ihn dafür abgeküßt, es war doch was schönes mit dem eigenen Vater, er hatte recht.

Die Weiber stellten ihm nach, aber er brachte sich keine mit, mir sah er alles an den Augen ab.

Kam pünktlich nach Hause, trank nicht, las viel und dann erzählten wir uns von Mutter, die blieb verschwunden. Die hieß auch Alma und ich war ihr ganz ähnlich, er nahm mich manchmal auf sein Schoß und tat wie ein Verliebter. Eines nachts weckt er mich und lag auch schon neben mir. Ich lag bloß. Er war naß vom Schweiß, nannte mich seine kleine Alma und betastete mich, ich mußte ihm nur immer die Hände halten. Er war stark und hatte schwarze Haare auf Brust und Hintern, ich kann haarige Männer leiden, – blos aber mit dem eigenen Vater – ich wehrte mich.

Er tuschelte mir ins Ohr, ich sei das Lustgefühl was er mit Mutter gehabt als sie mich machten, ich sei die Liebe der Eltern, die weiterlebt im Kind. Er will mich die Wonneschauer fühlen lassen die er hatte, als ich mich von ihm löste und ich würde auch die Wollust der Mutter haben, die mich empfangen. Meine Glut würde als heilige Kindesliebe mit seiner Vaterliebe zusammenfließen zur irdischen Seligkeit.

So war es. Er konnte schön sprechen, er hats mir später noch aufgeschrieben. Habs den Stiftnutten im Sosenheim manchmal nachts deklamiert, vorm Einschlafen, mit den Fausthandschuhen über der Zudecke. Ich habe geheult und mich gewehrt, gekratzt, aber dann hab ich ihn dafür abgeküßt, es war doch was schönes mit dem eigenen Vater, er hatte recht.

Alma.

Und darnach rühme selig
Wie wohl dir dort geschah
Der Weg zum Paradiese
Geht über Golgatha!

würde unser Pfaffe vom Macht's – allene – heim salbungsvoll gefaselt haben, der geile Schleimscheißer, Vater hatte tiefe Hautkratzer ehe er ins Paradies kam.

Ich war nun seine Sonne, er mein Gott, er hatte mich geschaffen und ich umstrahlte ihn. War das ein Sommer! Wenn er bei mir lag dann lachte er und sagte: Verrückte Zeit, sie geht nicht weiter, bei dir ist immer noch würzige Pflaumenblüthe und ich bringe dir immer noch Ostereier.

Verrückte Zeit! Wer hätt's gedacht! Wir lebten glücklich, hatten Geld auf der Sparkasse, kein Aas merkte was. Er konnte wieder ruhig schlafen, mit der Hand auf meiner Bürste, wie er's bei Mutter gewohnt war. Ja, sie kam, die verrückte Zeit, vorbei war'n die Tage der duftenden Rosen und der offenen Hosen, Herbst, es wurde kalt, finster.

Wie das gekommen ist, es war auf einmal da. Er sitzt auf der Bußbank bei der Heilsarmee und plerrt alles aus. Sie singen um ihn rum:
Schon wieder eine Seele ge-ret-tet-tet,
ge-ret-tet-tet – wird dann ganz Manoli und man schafft ihn nach Herzberge.

Nun kam der andere Gott, wen der liebt den straft er. Mich schleppte man in's Dosenheim

Und darnach rühmen selig
Wie wohl dir dort geschah:
Der Weg zum Paradiese
Geht über Golgatha!

würde unser Pfaffe vom Nachts-allein-heim salbungsgefaselt haben, der geile Schleimscheißer, Vater hatte tiefe Hautkratzer ehe er ins Paradies kam.

Ich war nun seine Sonne, er mein Gott, er hatte mich geschaffen und ich umstrahlte ihn. War das ein Sommer! Wenn er bei mir lag dann lachte er und sagte: Verrückte Zeit, sie geht nicht weiter, bei dir ist immer noch würzige Pflaumenblüthe und ich bringe dir immer noch Ostereier.

Verrückte Zeit! Wer hätt's gedacht!

Wir lebten glücklich, hatten Geld auf der Sparkasse, kein Aas merkte was. Er konnte wieder ruhig schlafen, mit der Hand auf meiner Bürste, wie er's bei Mutter gewohnt war. Ja, sie kam, die verrückte Zeit, vorbei war'n die Tage der duftenden Rosen und der offenen Hosen, Herbst, es wurde kalt, finster.

Wie das gekommen ist, es war auf einmal da. Er sitzt auf der Bußbank bei der Heilsarmee und plärrt alles aus. Sie singen um ihn rum:

Schon wieder eine Seele ge-rat-tat-tat, ge-rat-tat-tat – wird dann ganz manoli und man schafft ihn nach Herzberge.

Nun kam der andere Gott, wen der liebt den straft er. Mich schleppte man ins Sosenheim nach Weißensee zu den Macht-allene-nutten und lernte nun Finger und Zunge gebrauchen.

Mit schlichtem Haar und weggequetschter Brust, konnte ich mich zwei Jährekin mit keuschgefalteten Händen und verdrehten Augen von inwendig bekieken. Da waren viele, auch ganz junge, den die Haare noch nicht an's Hemde stießen, die waren schon sehr gebessert die beteten noch nacht's im Bette:

Ich bin noch klein
Mein Ding wird rein
Ich will auch immer artig sein
Ach liebes Gottchen
Bewahr mein Grottchen
Vorm ollen großen Hosenwurm
Und seinen Samen
Amen.

Oder ältere, die schon länger gereinigt waren, flüsterten mit weicher süßer Engelsstimme:

Müde bin ich geh zur Ruh,
Decke mich mit Scheiße zu,
Kommt der böse Feind herein
Faßt er in die Scheiße nein.

Na – auch die Zeit verging, gereinigt, erzogen wurde ich dem Leben zurückgegeben, keine Bleibe und Möbel, meine Siebensachen verschwunden.

So mußte ich mich dicht an die Menschen anschließen um mich als »Mensch« zu zeigen, sie lieben nach Weißensee zu den Nacht-allein-müttern und lernte nun Finger und Zunge gebrauchen.

Mit schlichtem Haar und weggequetschter Brust, konnte ich mich zwei Jährchen mit keuschgefalteten Händen und verdrehten Augen von inwendig bekieken. Da waren viele, auch ganz junge, den die Haare noch nicht aus Hemde stießen, die waren schon sehr gebessert, die beteten noch nachts im Bette:

Ich bin noch klein
Mein Ding wird rein
Ich will auch immer artig sein.
Ach liebes Gottchen
Bewahr mein Grottchen
Vorm allen großen Hosenmännern
Und seinen Samen
Amen.

Oder ältere, die schon länger gereinigt waren, flüsterten mit weicher süßer Engelsstimme:

Müde bin ich geh zur Ruh,
Decke mich mit Scheiße zu,
Kommt der böse Feind herein
Faßt er in die Scheiße rein.

Na — auch die Zeit verging, gereinigt, erzogen wurde ich dem Leben zurückgegeben, keine Bleibe und Möbel, meine Liebensachen verschwunden.

So mußte ich mich dicht an die Menschen anschließen um mich als „Mensch" zu zeigen, sie lieben und:

Der Jüngling, wie der Greis am Stabe,
Ein jeder geht beglückt nach Haus!

Na und nu – was hat der alte Mann noch vom Leben, der liebe Gott erlöst ihn nicht! Laufen kann er seit Jahr und Tag nicht mehr, liegt mit kahlem Leib und Kopp, ausgemergelt, stinkend, auf Holzwolle wie ne Leiche auf Urlaub und stirbt nicht.

Komm ich Sonntag's raus und bringe ihn ein paar Apfelsinen und sage: Vater, deine Alma bringt dir das! dann stiert er mich an das die Augen aus den Kopf drängeln und schreit: Bringt mir die Dirne weg, ihrem geilen Fleisch entströmt sündhafter Geruch!

Aber Vater, lieber Vater, ich bin's doch, deine Tochter Alma! Kennste mich denn garnicht mehr? Deine – kleene – Alma?

Ich habe keine Tochter mehr, die habe ich begraben, die ist tod! Jeden Tag muß ich ihr eine Karre Erde auf's Grab schütten und immer wieder verschluckt's ihr gräslicher faulender Bauch!

Am Sonntag fahre ich wieder raus,
es ist doch nu mal mein Vater

und: Der Jüngling, wie der Greis am Stabe,
Ein jeder geht beglückt nach Haus!

Na und nu – was hat der alte Mann noch vom Leben, der liebe Gott erlöst ihn nicht!

Laufen kann er seit Jahr und Tag nicht mehr, liegt mit kahlem Leib und Kopp, ausgemergelt, stinkend, auf Holzwolle wie ne Leiche auf Urlaub und stirbt nicht.

Komme ich Sonntags raus und bringe ihn ein paar Apfelsinen und sage: Vater, deine Alma bringt dir das! Dann stiert er mich an das die Augen aus den Kopf drängeln und schreit:

Bringt mir die Dirne weg, ihrem geilen Fleisch entströmt sündhafter Geruch!

Aber Vater, lieber Vater, ich bin's doch, deine Tochter Alma! Kennste mich denn garnicht mehr? Deine – kleene – Alma?

Ich habe keine Tochter mehr, die habe ich begraben, die ist tod! Jeden Tag muß ich ihr eine Karre Erde auf's Grab schütten und immer wieder verschluckt's ihr gräßlicher faulender Bauch!

Am Sonntag fahre ich wieder raus, es ist doch nun mal mein Vater.

**Pinselfrida:**

Das ist aber doch so traurig was Ihr erlebt habt! Da will ich Euch von meinem Papa etwas Lustigeres erzählen. Ich war Kunstschülerin und schwärmte für Kunst und die Künstler, aber wenn es Euch langweilig wird müßt Ihr es mir sagen. Ein junger hübscher Kollege, Maler, bat mich ich sollte ihm zu seiner Leda, ein Bild was er malte, das Modell sein. Wüßt Ihr das mit der Leda? – Ja – die mit dem Schwan. Ihr braucht nicht zu lachen, es ist nicht's passiert! Also: Ich könnte ihm durch meine Gestalt zum Ruhm verhelfen und damit zugleich auch der Kunst dienen. Ich war ganz eitel darauf, wenn man in der Kunstausstellung sagen würde: ach ja – das ist ja die kleine Elfriede Braunhügel, ja – wer so ein Modell haben kann!

Pinselfrida:

Das ist aber doch so traurig was Ihr erlebt habt! Da will ich Euch von meinem Papa etwas Lustigeres erzählen. Ich war Kunstschülerin und schwärmte für Kunst und Künstler, aber wenn es Euch langweilig wird müßt Ihr es mir sagen. Ein junger hübscher Kollege, Maler, bat mich ich sollte ihm zu seiner Leda, ein Bild was er malte, das Modell sein. Wißt Ihr das mit der Leda? – Ja – die mit dem Schwan. Ihr braucht nicht zu lachen, es ist nichts passiert! Also: Ich könnte ihm durch meine Gestalt zum Ruhm verhelfen und damit zugleich auch der Kunst dienen. Ich war ganz eitel darauf, wenn man in der Kunstausstellung sagen würde: ach ja – das ist ja die kleine Elfrida Braunhügel, ja – wer so ein Modell haben kann!

*Heinrich Zille, Skizze zu den »Hurengesprächen«, Kohle, ca. 1913*

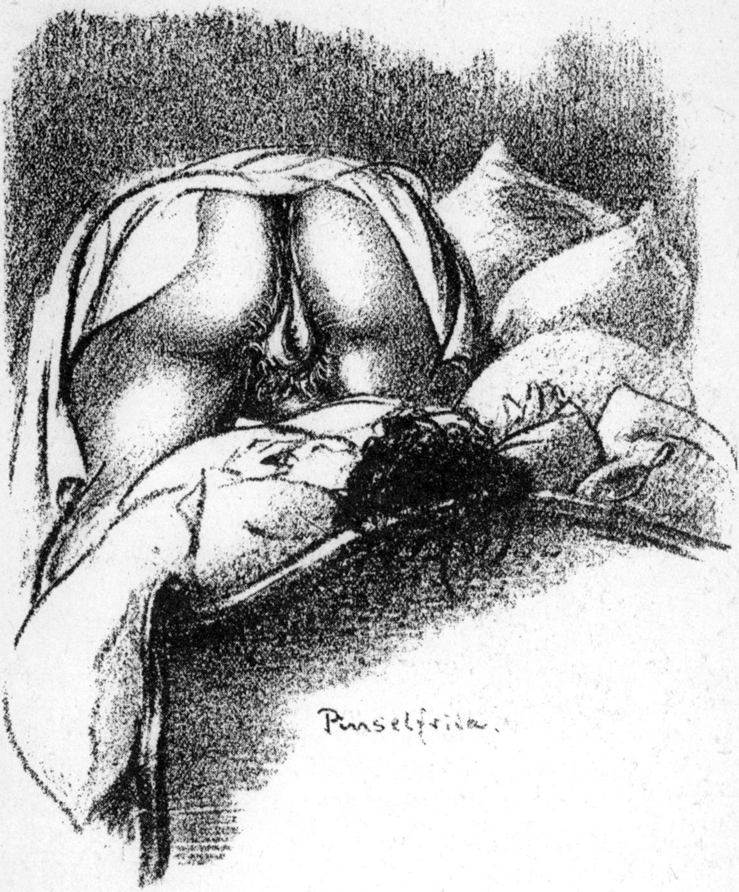

Da wollte ich mir aber was drauf einbilden! Meine Mitschülerinnen, vor allem die höheren Töchter drängten sich einem berühmten Hofbildhauer, einem Athlet und Grobian, mit Gewalt auf bei ihm Modell zu sein. Aber nur aus Sinnlichkeit, nur um seine schweinigen Witze und sein laut schallendes Pupen, was sie männlich nannten, zu hören. Dabei schnitt er Gesichter und stöhnte er: Ach – wie das knarrt – o wie das knarrt! Sie nannten das: »über den Sack nießen«! Wir ärmeren Mädchen hatten solche Worte nicht und sagten zu Blähungen: »Durchluft«. Das Knallen machten ihm die höheren Töchter später nach, der Meister hatte es Ihnen gelehrt, sie schmierten sich die Rosette fett mit Butter ein und sagten dann genau wie er:

»Je mehr der Furz vom Arsche knallt,
Je weiter öffnet sich der Spalt!«

Also nun weiter. Ich nahm es ernst mit der Kunst und habe meinen Eltern gesagt daß ich den jungen Mann helfen will. Die lieben Alten hatten so einen beschränkten Horizont, sie baten, drohten und weinten, bis sie endlich still wurden und mich nur noch mit Sorgenmiene beobachteten. Papa war zehn Jahre jünger als Mama, die schon recht auseinander ging. Ich schlief mit ihr in einem breiten Bett und da sie nach der Wand zu lag, mußte sie morgens über mich wegsteigen.

O du Born meiner Herkunft! Ich hätte können wieder im Mutterleibe verschwinden! Wie wurde mein künstlerisches, nach Schönheit durstendes Auge

Da wollte ich mir aber was drauf einbilden! Meine Mitschülerinnen, vor allem die höheren Töchter, drängten sich einem berühmten Hofbildhauer, einem Athlet und Grobian, mit Gewalt auf bei ihm Modell zu sein. Aber nur aus Sinnlichkeit, nur um seine schweinigen Witze und sein laut schallendes Furzen, was sie männlich nannten, zu hören. Dabei schnitt er Gesichter und stöhnte er: Ach – wie das knarrt – o wie das knarrt! Sie nannten das: „über den Sack niesen"! Wir ärmeren Mädchen hatten solche Worte nicht und sagten zu Blähungen: „Durchluft". Das Knallen machten ihm die höheren Töchter später nach, der Meister hatte es Ihnen gelehrt, sie schmierten sich die Rosette fett mit Butter ein und sagten dann genau wie er:

„Je mehr der Furz vom Arsche knallt,
Je weiter öffnet sich der Spalt!"

Also nun weiter. Ich nahm es ernst mit der Kunst und habe meinen Eltern gesagt daß ich dem jungen Mann helfen will. Die lieben Alten hatten so einen beschränkten Horizont, sie baten, drohten und weinten, bis sie endlich still wurden und mich nur noch mit Sorgenmiene beobachteten. Papa war zehn Jahr jünger als Mama, die schon recht auseinander ging. Ich schlief mit ihr in einem breiten Bett und da sie nach der Wand zu lag, mußte sie morgens über mich wegsteigen.

O du Born meiner Herkunft! Ich hätte können wieder im Mutterleibe verschwinden! Wie wurde mein künstlerisches, nach Schönheit durstendes Auge

*Heinrich Zille, Skizze zu den »Hurengesprächen«, Kohle, ca. 1913*

verletzt! Ästhetische Bedenken stiegen in mir auf ob das Parfüm meinem lieben zarten Papa noch zur Leidenschaft entflamme. Ich träumte daß mich der Leib meiner Mutter verschlinge, oder ihre Hinterbacken schnitten mir groteske Fratzen. Ich wachte mal auf meine Scheide wurde betastet. Die Eltern untersuchten mich vorsichtig, was ich mir nicht merken ließ. Sie hatten es jedenfalls schon öfters getan und ich habe gedacht ich hätte es geträumt. Sie trauten mir und dem Maler nicht. Es passierte auch daß ich noch nicht schlief, und wenn Papa seine Taschenlampe anknipste und mir Mama das Hemd leis wegzog und vor's Gesicht hielt, rutschte ich, wie im Schlaf, in die Ledastellung, um es den guten Alten zu erleichtern. Es muß sie auch recht geil gemacht haben, denn danach kroch Mama zu Papa'n in's Bett. Ohne Mama zu wecken versuchte es der alte Herr auch allein. Das liebe Papchen! Ich sehe ihn noch deutlich vor mir mit seinem blonden Spitzbärt'chen, dem kleinen Lendenkitzler. Wie er sich anstrengte mit seinen kurzsichtigen Augen, die Nase tief reinsteckte und ihm die Finger zitterten. Und nun Schluß: Papa hat sich sehr aufgeregt, er ist abends ganz gegen seine Gewohnheit noch ausgegangen. Und das hatte Folgen für ihn die Mama gar nicht kannte. Nach seinem Tode fanden wir in seinem Wandschrank, versteckt, eine niedliche Tripperspritze und die Rezepte dazu, aus dem Jahre wo ich Leda war.

Nun dürft Ihr lachen!

verletzt! Ästhetische Bedenken stiegen in mir auf ob das Parfüm meinem lieben zarten Papa noch zur Leidenschaft entflamme. Ich träumte daß mich der Leib meiner Mutter verschlinge, oder ihre Hinterbacken schnitten mir groteske Fratzen. Ich wachte mal auf meine Scheide würde betastet. Die Eltern untersuchten mich vorsichtig, was ich mir nicht merken ließ. Sie hatten es jedenfalls schon öfters getan und ich habe gedacht ich hätte es geträumt. Sie trauten mir und dem Maler nicht. Es passierte auch daß ich noch nicht schlief, und wenn Papa seine Taschenlampe anknipste und mir Mama das Hemd leis wegzog und vors Gesicht hielt, rutschte ich, wie im Schlaf, in die Ledastellung, um es den guten Alten zu erleichtern. Es muß sie auch recht geil gemacht haben, denn darauf kroch Mama zu Papa ins Bett. Ohne Mama zu wecken versuchte es der alte Herr auch allein. Das liebe Papchen! Ich sehe ihn noch deutlich vor mir mit seinem blonden Spitzbärtchen, dem kleinen Landenkitzler. Wie er sich anstrengte mit seinen kurzsichtigen Augen, die Nase tief rein steckte und ihm die Finger zitterten. Und nun Schluß: Papa hat sich sehr aufgeregt, er ist abends ganz gegen seine Gewohnheit noch ausgegangen. Und das hatte Folgen für ihn die Mama gar nicht kannte. Nach seinem Tode fanden wir in seinem Wandschrank, versteckt, eine niedliche Trippersspritze und die Rezepte dazu, aus dem Jahre wo ich Leda war.

Nun dürft Ihr lachen!

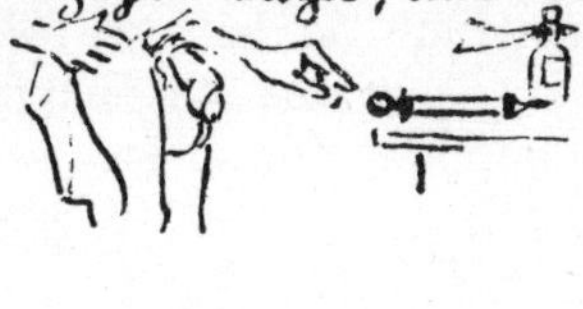

**Bollenguste:**

Ihr war't ne feine Familie un' wie man bei eich so sagt: nervös. Dein Papchen war aber doch een recht anständiger Mensch un' ließ and're Leite ooch mal wat verdien. Wenn wir die Ehekrüppel nich hätt'n, kennt'n wir se uns man in Essig inlejen oder aus'd Fenster häng'n. Die Ledigen nehm ihr'n kleen Bruder beim Schlung un' würjen ihn ab, Kunststück! Ringkampf, fünfe jegen een!

Oder sie hab'n Brauten's!
Ihr werd't die scheene Jeschichte von meine
Ehe nich kenn, aus die Jegend seid ihr
nich. Uff'n Talon jehn is heite doch
nischt mehr, det pladdert draußen Strippen
un' de Schmiere lungert rum, denn
paßt mal uff'! Ick muß sagen det war
eene janz scheene Zeit, wir nahm
det wirklich ehrlich, det is' keen
fremder Kerl ieber uns jekomm,
aber mein lieber Jatte wollte nich immer
Kalbfleesch.

So scheen wie bei Alma'n ist et
nu' nich, denn mein Herrn Vater
hab' ick nich jekannt, een scheißfeiner Pinkel muß et woll jewes'n sind, det Ponim nach wat er mir jemacht hat. Den hab'n bei Mutter'n die kahlvötzig'n Schmalzstull'n nich jeschmeckt un' soll mit' ner Knüppeltille irgend wo krepiert sind.

Bollenguste:

Ihr wart 'ne feine Familie un' wie man bei nich so sagt: vornehm. Dein Papchen war aber doch een recht anständiger Mensch un' ließ and're Leute och mal wat verdien'. Wenn wir die Schkrüppel nich hätt'n, kennt'n wir se uns man in Essig inlejen oder aus'n Fenster häng'n. Die Ledigen nehm ihr'n kleen' Bruder beim Schlung un' würjen ihn ab, Kunststück! Ringkampf, fünfe jejen een!

Oder sie hab'n Brautraub!

Ihr werd't die schene Jeschichte von meine Ehe nich kenn', aus die Jegend sind ihr doch nich. Uff'n Salon jehn is heite nischt mehr, det pladdert draußen Strippen un' de Schmiere lungert rum, denn paßt mal uff'! Ik muß sagen det war 'ne janz schene Zeit, wir -nehm det wirklich ehrlich, det is' kein fremder Kerl ieber uns jekomm'n, aber mein lieber Jatte wollte nich immer Kalbfleesch.

So scheen wie bei Alma'n is' et nu' nich, denn mein jeehrten Vater hab' ik nich jekannt, een schrißfeiner Pinkel muß et woll jewes'n sind, det Forum nach wat er mir jemacht hat. Den hab'n bei Mutter'n die kahlwötzig'n Schmalzstull'n nich jeschmeckt un' soll nu' ner Krüppeltille irgend wo kranziert sind.

Ob er sich ooch mit mir hat injelassen, dafor hab ick keene Beweise, aber meglich ist's schon det ick mit Mutter'n eene Ge em be ha hatte un' ihr'n paar Krümel wejschnappte:

»Das nenn ich noch ein geiles Weib,
Det schon im Mutterleibe
Die Votze so zu dreh'n wußte
Det sie der Vater vögeln mußte!«

Wie mir nu' Mutter raus
hatte un' den Oll'n los war,
hing se sich die kleene Blumen-
halle uff'n Bauch un' steht seit die Zeit an
die Berolina uff'n Alex'. Bis so vor vierer Jahre
war ick dort ooch noch Flora, meine Kund'n war'n
meist die Stellmeechens, die von Tiroler kam'.
Nu hab' ick wie die, un' ihr, ooch mein Bäckerbuch,
een jangbares Jeschäft for stehende Artikel oder
feiner ausjedrückt: een Sanatorium für steife
Jlieder. Wenn abends die Schuljungs
mit fünf Jroschen komm, die schicke ick
zu Muttern rin. Aber habe ick mal
so'n Nachtmann mit 'ner richtigen
Pferdepese, dann muß ick ihn noch zu
ihr rinschlepp'n und kosten lassen.

Wohn' taten wir immer zusamm
un' det bleibt ooch so.
Wir sin' beede versichert
uff' nen anständ'gen Sarj un' een ehrliches Be-

Ob er sich och mit mir hat injelassen, davor hab ik keene Beweise, aber mechlich ists schon det ik mit Mutter'n eene Ge un be je hatte un' ihr'n zwar Kränzel verschnaggte:

„Das nenn ich doch ein geiles Weib,
det schon im Mutterleibe
die Votze so zu drehn wußte
det sie der Vater vögeln mußte!"

Wie mir un' Mutter raus hatte un' den Oll'n los war, hing se sich die kleene Blumen-halle uff'n Bauch un' steht seit die Zeit an die Caroline uff'n Alex'. Bis so vor eenem Jahre war ik dort och noch Flora, meine Kund'n waren meist die Stallmeesters, die von Tiroler kam'.

Nu hab' ik wie die, un' ihr, och mein Bäckerbuch, een jangbares Jeschäft for stehende Artikel oder feiner ausjedrückt: een Sanatorium für steife Glieder. Wenn abends die Schuljungs mit fünf Groschen kamen, die schicke ik zu Muttern rin. Aber habe ik mal so'n Nachtmann mit 'ner richtigen Pferdegasse, dann muß ik ihn och zu ihr rin schlaggen und kosten lassen.

Wohn' taten wir immer zusammen un' det bleibt och so.

Wir sin' beede versichert uff'n anständgen Sarg un' een ehrliches Be=

gräbnis. Altersversicherung un' Invalidenkarte kleb'n wir nich, so uffjeklärt is' die Regierung noch lange nich. Det kleene Haus in die Reetzenburg, in janz alt Berlin, wo die Weißbierkneipe »die kleene Pupritze« drinn war, da hab ick det Licht der Welt erblickt. Det war da, wo nachher det feine Kaffee Filzlaus daneben uffjemacht wurde. Det kennt ihr nich un is' ooch alles verschwund'n.

Bei uns Beede war det schon immer so, keen Zank, keen Stank, keen Neid, alles in Liebe. Wie in det schöne Lied: »Ach liebe Wanda, es is een Mann da, mennt er dir – oder meent er mir!«

Mutter sagte manchmal: »Juste, wennste heiraten willst, immer erst die Nille uff'n Tisch, Liebe muß sind in Hausstand!« Oder ooch: Es prüfe, wer sich ewig bindet, ob sich der Schwanz zur Möse findet!« Ooch: »der Hahn is' kurz, die Reu ist lang!«

Na, die olle Dame hat for alles jleich een Sprichwort. Wie det in's Leb'n nu' manchmal wirklich so intrifft, oder der Zufall det ooch so will. Mutter sagte zwar: »Zufall is' ne Kellerklappe« oder: »Zufall is' zwee Votzen in eener Hand«! aber so ist et ooch wirklich!

Da sind wir mal uff'nen Verjnügen bein Jesangverein »Deutsche Eiche« – draußen an's Nordufer – bei die Ida Hoppe. Et wurde ville jeboten, wertvolle Stiftung'n for die Dam', Tombola, Schönheitskongorentz, s'jing Arschlochhoch, s'war gräbniß. Altersversicherung un' Invalidenkarte kleb'n wir nich, so uffjeklärt is' die Rejierung noch lange nich. Dat kleene Haus in die Ratzenburg, in janz alt Berlin, wo die Weißbierkneipe „die kleene Pugoitze" drinne war, da hab' ick dat Licht der Welt erblickt. Dat war da, wo nachher dat feine Kaffee Filzlaus daneben uffjemacht wurde. Dat kennt ihr nich un is' ooch alles verschwund'n.

Bei uns Beede war dat schon immer so; keen Zank, keen Stank, keen Neid, alles in Liebe.

Wie in dat schöne Lied: „Ach liebe Mander, ob is' een Mann da, meent er dir – oder meent er mir!"

Mutter sagte manchmal: „Juste, wennste heiraten willst, immer erst die Mille uff'n Tisch, Liebe muß sind im Hausstand!" Oder ooch: Es prüfe, wer sich ewig bindet, ob sich der Schwanz zur Möse findet!" Ooch: Der Hahn is' kurz, die Reu ist lang!"

Na, die olle Dame hat for alles jleich een Sprichwort. Wie dat ins Leb'n nu' manchmal wirklich so eintrifft, oder der Zufall dat ooch so will. Mutter sagte zwar: „Zufall is' ne Kellerklappe" oder: „Zufall is' zweene Wotzen in eener Hand"! aber so is et ooch wirklich!

Da sind wir mal uff'n Verjnügen beim Jesangverein „Deutsche Eiche" – draußen ans Nordufer – bei die Ida Hoppe. Et wurde ville jeboten, wertvolle Stiftung'n for die Dam', Tombola, Schönheitskonkurrenz, 's jing Arschlochhof, 's war pupverjnügt. Der Verein hat jesung'n: »die Wacht an Rhein«, »Ein Sohn des Volkes will ich sein«, ooch: »Wir deutschen fürcht'n Jott, sonst nischt uff die Welt«, det wurde unheimlich jesoffen un' jetanzt, mir klebten die Hosen. Een Sangesbruder, een jroßer Mensch, hatte sich bei mir ranjeschmust un' war den janzen Abend mein Kawalier, een richt'ger Possierstengel, er jefiehl mir mit sein tiefen Baß. Er raspelte Süßholz mit Muttern un' von wejen er wolle jerne heiraten, er wißte nu', un' dabei kiekte er mit janz verliebte Neesenlecher mir so von die Seite an, ooch wat for eene.

Er wäre Jipsformer, Kunstformer, so wat wie Künstler. Da ick mir in det Handwerk nich auskenne, lejt er mir sein Zäbädäus, aus Jips janz natürlich abjeformt, ohne Schnauze jut sieb'n Zoll, uff'n Kuchenteller. Det wäre Kunsthandwerk, den hätt er sich selber abjeformt. Ick sollte so jut sind ihn zum Andenken an det schöne Fest behalten. Wir mußten mächtig über den Jungferntröster lachen un' Mutter ließ die Jipsnille jleich verschwinden, det kenne von die Balldam' neidisch wurde. Jeschwindelt hatte der Strolch nich, denn wie ick mir draußen in die frische Morjenluft habe zugezwungt. Der Verein hat jesungen: „Die Wacht am Rhein“, „Ein Sohn des Volkes will ich sein“, och: „Wir Deutschen fürchten Gott, sonst nischt uff die Welt“, det wurde unheimlich jesoffen un' jetanzt, wir klebten die Hosen. Ein Sangesbruder, een großer Mensch, hatte sich bei mir ranjeschmißt un' war den janzen Abend mein Kavalier, een richtijer Hopfenstangel, er jesingt mir mit sein tiefen Baß. Er raspelte Süßholz mit Muttern un' von wejen er wollte jerne heiraten, er weißte nu; un' dabei kinkte er mit janz verliebte Nasenlöcher mir so von die Seite an, och wat for eene.

Er wäre Gipsformer, Kunstformer, so wat wie Künstler. Da ick mir in det Handwerk nich auskenne, legt er mir sein Zäbädäus, aus Gips janz natürlich abjeformt, ohne Schnauze jut sieb'n Zoll, uff'n Kuchenteller. Det wäre Kunsthandwerk, den hätt er sich selber abjeformt. Ick sollte so jut sind ihn zum Andenken an det schöne Fest behalten. Wir mußten mächtig über den Jungfrauentröster lachen un' Mutter ließ die Gipspulle jleich verschwinden, det kann von die Balldam' neidisch werde. Jeschwindelt hatte der Strolch nich, dann wie ick mir draußen in die frische Morjenluft habe-

die Citrone ausjequetscht, un' er dabei ne Stange Wasser an Boom stellte, da hab' ick jestaunt. Det Fest war wirklich sehr schön, un' wie's denn nach Hause jing, da wollt er uns bejleiten. Wie Mutter sagte: »wir hätten es schon een bis'chen weit«, da jrinte
er un meent: »na ick habe
ja ooch een janz anständiges Ende«, wo mir nu wieder lachen mußten.

So um fünwe kam wir bei uns anjewackelt, vons Tanzen un' Loofen hat ick een anständigen Wolf un' hundemüde war'n wir alle. Er wohnte wirklich ooch in unse Straße, hatte aber keen Hausschlüssel, sagte er, da hab'n wir'n mit oben jenomm. Aber Mutter meente, wir woll'n uns nischt verjeb'n, det muß wat sicheres wer'n. Mutter schlief in ihr Bett, ich un' der Former in mein's. Sie hat noch een Plättbrett zwischen uns beede lang jestellt, so hatte er sein Fremdenbette. Mittags bin ick von Mutters Lachen uffjewacht. Maxe, der Former, lag noch uffen Rücken, wie er sich hinjelegt, aber über det Plättbrett, rot wie'n Krebs die Zitrone ausjequetscht, un' er dabei ne Stange Wasser an Boom stellte, da hab' ik jestaunt. Dat Fest war wirklich sehr schön, un' wie's dann nach Hause jing, da wollt er uns bejleiten. Mie Mutter sagte: wir hätten es schon een bißchen weit," da jrinte er un meent: „na ik habe ja doch een janz an=

ständiges Ende", wo wir nu wieder lachen mußten.

So um Zweene kam wir bei uns anjewackelt, vons Tanzen un' Loofen hat ik een anständigen Wolf un' hundemüde war'n wir alle. Er wohnte wirklich och in unse Straße, hatte aber keen Hausschlüssel, sagte er, da hab'n wir'n mit oben jenommen. Aber Mutter meente, wir woll'n uns nischt verjeb'n, dat muß wat Sicheres sein. Mutter schlief in ihr Bett, ik un' der Former in meins. Die hat noch een Plättbrett zwischen uns beede lang jestellt, so hatte er sein Fremdenbette. Mittags bin ik von Mutters Lachen uffjewacht. Maxe, der Former, lag noch uffen Rücken, wie er sich hinjelegt, aber über dat Plättbrett, rot wie'n Krebs,

stand sein Maxe un' hatte det Stangenfieber. Da hat Mutter eene rote Nelke jeholt un' den Kleen ins Maul jesteckt. Det hat'n jeweckt, er hing sich aber det Hemde rüber un' die Blume hat er sich uffjehoben. Er war ne Waise un' merkte det er's bei uns jut haben konnte, wo wieder mal eene Mutter nach ihn hinsieht. Nu kam er alle Tage un' holte mir von Alex' ab, wir war'n uns sehr jut. »Machen wir mal een Stößchen, durch das kleine Spitzenhöschen«, hat's aber nich jejeben, bis wir uffjeboten war'n.

Dann kam die Hochzeit, die in die janze Jegend großes Uffseh'n machte. Trauung in Dom, Kutsche mit Taub'n uff die Latern', een Diener uff'n Bock, der ooch die Schleppe trug. In
Max'ens Stammkneipe:
»Zu die vier Arschbacken«
war die Hochzeit.
Wir saßen unter een
Baldachin, der Verein
hat jesung'n. Und ville
Jeschenke! Myrthe un'
Schleier von die Blum'fraun, den Irrejator von die Stellmeechens, die Puschfraun von die Bedürfnisbude bracht'n een rosa'n Nachttopp, mit Joldrand un' een Ooge drinn. So ville Blum, Wasen un' allerhand for die Küche. Na, un' dann die Fidelitas! Von sein Freind, den Malerpaul, een Hochzeitsgedicht mit Sauereien un' Bilder'n, det er als Paradies-

stand sein Magen un' hatte det Sorgenfieber. Da hat Mutter eene rote Nelke jeholt un' dem Kleen ins Maul jesteckt. Det hat'n jeweckt, er hing sich aber det Hemde rüber un' die Blume hat er sich uffjehoben. Er war 'ne Waise un' merkte det er's bei uns jut haben konnte, wo wieder mal eene Mutter nach ihn hinsieht. Nu kam er alle Tage un' holte mir von Alex' ab, wir war'n uns sehr jut. „Machen wir mal een Stößchen, durch das kleine Spitzenhöschen", hat's aber nich jejeben, bis wir uffjeboten war'n.

Dann kam die Hochzeit, die in die janze Jegend großes Uffseh'n machte. Trauung in Dom, Kutsche mit Taub'n uff die Latern', een Diener uff'n Bock, der och die Schleppe trug. In Magnus' Stammkneipe: „Zu die vier Rothbacken" war die Hochzeit. Wir saßen unter een Baldachin, der Verein hat jesung'se. Und ville Jeschenke!! Myrthe un' Schleier von die Blum'frau'n, den Irrjator von die Stellmachers, die Fischfrau'n von die Bedürfnisbude brachte'n een rosa'n Nachttopp, mit Joldrand un' een Ooge drinn. So ville Blum', Vasen un' allerhand for die Küche. Na, un' dann die Fidelitas! Von sein Freund, den Malergaul, een Hochzeitsjedicht mit Zaubereien un' Bildern, det er als Paradies=

engel anjezogen, blos mit Hemde un' Flüchtel,
uns hat vorgetragen. In unset Familienbuch
von's Standesamt hat er rinjeklirt:

Den Kopf mußt du gesenkt nach hinten überhalten,
Recht weit die Beine auseinander spalten,
Und untern Hintern dir viel Polster stecken
Damit die Gegend um die Scham' recht hoch
Bequem und frei daliegt das Loch!

Die Meechens hab'n sich bepißt vor Lachen. Maxens Kunstabguß hatte eene rote Schleife um un' wurde uff'n Teller rumjelangt, aus mein Pinkeltopp hab'n se Weißbier jesoffn –. Na, mit nen kalten Arsch braucht ooch keener uff' Hochzeit zu komm, die kenn zu Hause bleibn un an Kötel lutschen.

-engel anjezogen, blos mit Hemde un' Flüchtel,
und hat vorgetragen. In unsert Familienbuch
was Handekant hat er rinjekliert:

Den Kopf mußt du gesenkt nach hinten hintenüberhalten,
Recht weit die Beine auseinander spalten,
Und untern Hintern dir viel Polster stecken,
Damit die Gegend um die Scham recht hoch
Bequem und frei daliegt das Loch!

Die Menschens hab'n sich bepißt vor Lachen. Magens
Kunstabguß hatte eene rote Schleife um un' wurde
uffn Teller rumjelangt, aus mein Pinkeltopp

hab'n se Weißbier jesoffen. Na, mit een kalten
Arsch braucht och keener uff' Hochzeit zu kommen,
die kann zu Hause bleiben un' an Kötel lutschen.

Die Leite hab'n noch lange von unse Hochzeit jesprochen un' de Milchschulzen ihre funfzehnjährige Minna denkt noch heite dran, der hab'n se dabei, uffs Kloset, een Jung'n jedreht, un'se weeß jarnich wer's war. Aber ihre Mutter, wat noch een Fräulein is', die soll'n se uff'n Herr'nschieß ooch ne Nummer verpaßt hab'n, wat se nachträglich nu alles noch uff Maxe schieb'n. Ick trau et den Strolch ooch zu, blos Minna'ns Jöhre sieht aus wie'n Jude, un' wir hatten jar kein Itzig uffs
Fest, da wird'se woll die Ladung
wo anders jekriecht hab'n.

Nu paßte det wie der Arsch uff'n
Eimer, ick die Wirtschaft, Maxe
jing form un Mutter stand
uff'n Alex. Det war ne janz
scheene Zeit, een Leb'n wie in Sommer.
Ach, un Mutter!
die freide sich ieber Maxe, er
machte so ville Spaß mit ihr.
Er ließ sich von ihr in die Hand
pissen, ob se noch nen stramm Strahl hätte, ob's sich's
noch lohne ihr den Sack vor's Arschloch zu häng'n.

Wenn ick den Roten hatte, konnt ick von mein Bette so schön zusehn, wie Maxe Muttern ne Stippvisite machte, ihr uff's Hemde kniete un mit sein Urinstab ihr'n paar Nummern zauberte det se dabei ferzen mußte wie'n Waldesel.

Die Leite hab'n noch lange von unsre Hochzeit jesprochen un' de Milchschulzen ihre fuffzehnjährige Minna denkt noch heite dran, der hab'n se dabei uffs Klosett, nen Jungen jedreht, un' se weeß jarnich wer's war. Aber ihre Mutter, wat noch nen Fräulein is, die soll'n se uff'n Herr'nschiß och ne Nummer verpaßt hab'n, wat se nachträglich nu alles noch uff Maxe schieb'n. Ick trau et den Strolch och zu, blos Minna's Jöhre sieht aus wie'n Jude, un' wir hatten jar keen Itzig uffs Fest, da wird'se woll die Ladung wo anders jekriecht hab'n.

Nu paßte det wie der Arsch uff'n Eimer, ick die Wirtschaft, Maxe jing forn un Mutter stand uff'n Alex. Det war ne janz scheene Zeit, een Leb'n wie im Sommer. Ach, un Mutter! die freute sich ieber Maxe, er machte so ville Spaß mit ihr. Er ließ sich von ihr in die Hand pissen, ob se noch nen strammen Strahl hätte, ob's sich's noch lohne ihr den Sack vor's Arschloch zu häng'n.

Wenn ick den Roten hatte, konnt ick von mein Bette so schön zuseh'n wie Maxe Muttern ne Stippvisite machte, ihr uffs Hemde kniete un mit sein Urinstab ihr'n paar Nummern zauberte, det se dabei furzen mußte wie'n Waldesel.

*Heinrich Zille, Skizze zu den »Hurengesprächen«, Kohle, ca. 1913*

Bollenjuste

Wir vertrugen uns so jut, wie in Himmel war det bei uns un' dachten jarnich det's mal anders sin könnte, aber man soll den Tag nich for den Abend loben, nach een Jahr kam det anders.

So nach un nach wurd er kälter, jleichjültig, drehte mir nach's Mittagessen keene Compottnummer, Nachts halbe Arbeet, Muttern ließ er janz offen liegen, schnauzte, suff, bummelte un' brachte keen Jeld nach Hause. Da mußt ick wieder mit Muttern nach'n Alex', da sin mir man so de Thrän' in die Blum jefall'n. Eenes Tages,
es war so'n warmer Frühlings-
tag, ick hatte den Korb voller
Flieder, kriech ick so'ne
Unruhe in mir und
schiebe jleich nach dreie
wieder nach Hause. Wenn
Maxe in die Kneipe sitzt
oder zu Hause pennt, ick wer'n
recht jut sind, wir müssen doch
wieder einig wer'n, so geht dat nich weiter, so kann er keen Blumtopp bei mir jewinn.

Ja, zu Hause war er. Mitten in die Stube, uff'ne olle Matratze, lag er, besoffen, nackend, uff'n Rücken. Eene nackende, rotköppiche Fohse an seine Seite, besoffen, mit uffjesperrte Schnauze un' die Klaue an sein Maxe. Ausjesoffene Bierpull'n un' ne leere Jilkaflasche –

Wir vertrugen uns so jut, wie in Himmel war det bei uns un' dachten jarnich dets mal anders sin könnte, aber man soll den Tag nich vor den Abend loben, nach een Jahr kam det anders.
So nach un nach wurd er kälter, jleich jültig, drehte mir nachs Mittagessen keenen Kompottnummer, Nachts halbe Arbeit, Muttern ließ er janz offen liegen, schnauzte, suff, bummelte un' brachte keen Jeld nach Hause. Da mußt ik wieder mit Muttern nach'n Alex', da sin mir man so de Thrän' in die Blum jefallen. Eenes Tages, es war so'n warmer Frühlingstag, ik hatte den Korb voller Flieder, kriech ik so'n Unruhe in mir und schiebe jleich nach dreie wieder nach Hause. Wenn Maxe in die Kneipe sitzt oder zu Hause pennt, ik wer'n recht jut sind, wir müssen doch wieder einig wer'n, so geht det nich weiter, so kann er keen Blumtopp bei mir jewinn.

Ja, zu Hause war er. Mitten in die Stube, uff'n olle Matratze, lag er, besoffen, nackend, uffn Rücken. Eene nackende, rotköppiche Fosse an seine Seite, besoffen, mit uffjesperrte Schnauze un' de Klaue an sein Mage. Ausjesoffene Bierjull'n un'n leere Jilkaflasche —

– ick bin starr wie die Berolina uff'n Alex –
so hat mir noch kener uff' den Topp jesetzt –
wat nu? –

Da kam auch schon Mutter an, vor
Angst, weil ick ihr weggeloofen war.
Wie ick det bekümmerte Jesicht von die olle
Frau sehe, da nahm ick ihr det Messer aus'n
Korb un' schneide den Schweinehund den Sack bis
an die Arschbacken jlatt ab, det Saumensch ooch
noch tief in zwee Finger. Die hatt'n den Kanal
so voll det se jarnischt merkten. Det Mensch spuckte
ick in die Schnauze, zerrte ihr an die Haare nach'n
Korridor, joß ihr mein rosa'n Nachttopp, den se voll-
jeludert, übern Schädel un' verdreschte ihr den
stänkrichen Maarsche mit de Reibekeile, bis
der Heiljehilfe kam den Mutter jeholt hat.
Dann is der Krankenwagen mit die Beeden
abjetrudelt.

— ick bin starr wie die Berolina uff'n Alex' —
so hat mir noch keener uff' den Topp jesetzt —
wat nu? ——

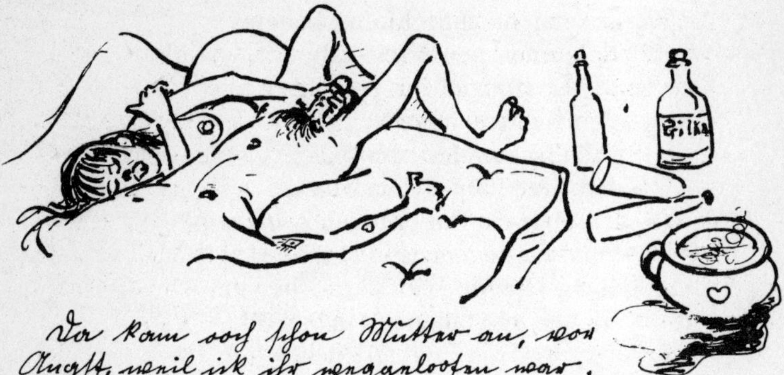

Da kam ooch schon Mutter an, vor Angst, weil ick ihr wegjeloofen war.

Wie ick det bekümmerte Jesicht von die olle Frau sehe, da nehm ick ihr det Messer aus'n Korb un' schneide den Schweinehund den Sack bis an die Arschbacken jlatt ab, det Däumnusch ooch noch tief in zwee Finger. Die hatt'n den Kanal so voll det se jarnischt merkten. Det Mensch spuckte ick in die Schnauze, zerrte ihr an die Haare nach'n Korridor, joß ihr mein rosa'n Nachttopp, den se volljeludert, übern Schädel un' verdreschte ihr den stänkrichen Maarsche mit de Reibekeule, bis der Heiljehilfe kam den Mutter jeholt hat. Dann is der Krankenwagen mit die Beeden abjetrudelt.

Na ja doch! Körperverletzung und Verstümmelung! Det hab ick uff eene Backe abjesessen, det is jewesen – schon lange her – es war einmal! Na un Maxe?

Der is een jemachter Mann! In een jroßet, anatomisches Wachskabinett, wat uff die Rummels rumzieht, is er die Extranummer in's Extrakabinett:

Ali Osmann Mohammed
der Leibeunuche der Sultanin.

Alles klotzt sein Bauch an un kooft sein Bild. Wenn Damentag is, is et direkt unheimlich. Die Meechens krauchen ihn untern Bauch und faßen ihn in die Mußfuge, ob er woll die Eier verstochen hat.

Er is reich un' mächtig fett un' dick jeworden, sing'n soll er ooch noch, aber blos mit so ne pipsiche, hohe Stimme.

Seine Boll'n hab'n se mir anjehängt, Boll'njuste!

Na ja doch! Körperverletzung und Verstümmelung! Det hab ik uff meine Backe abjeschossen, det is jewesen — schon lange her — es war einmal! Na un Mayer?

Der is een jemachter Mann! In een jroßet, anatomisches Wachskabinett, wat uff die Rummels rumzieht, is er die Extranummer ins Extrakabinett

Ali Osman Mohammed,
der Leibeunuche der Sultanin.

Alles klotzt sein Bauch an un kooft sein Bild. Wenn Damentag is, is et direkt unheimlich. Die Menschen krauchen ihn untern Bauch und fassen ihn in die Muß=fuge, ob er woll die Eier verstochen hat.

Er is reich un' mächtig fett un' dick jeworden, sing'n soll er ooch noch, aber bloß mit so ne zipsiche, hohe Stimme.

Seine Boll'n hab'n se mir anjehängt,
Boll'njuste!

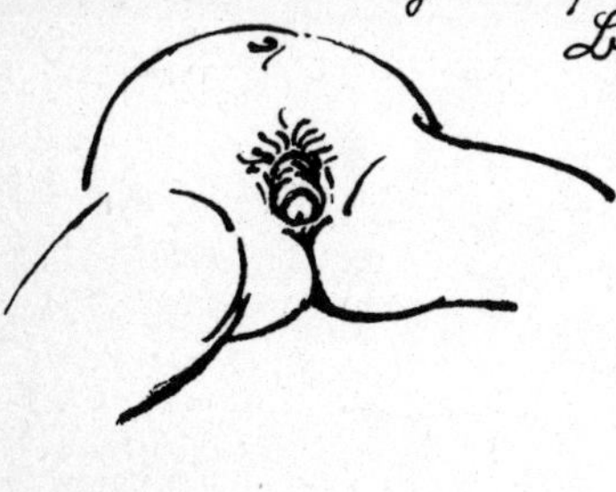

*Heinrich Zille, Skizze zu den »Hurengesprächen«, Kohle, ca. 1913*

**Lutschliese:**

So is' et richtig, Boll'njuste, hast jleich janze Arbeet jemacht! Mit een Schnitt jeschieden un ooch jleich zwee richtig jehende Witwen!

Aba so wat jabs bei uns zu Hause nu' nich, von wegen mit die Verwechslung von die Geschlechtsteile. Wenn ooch zwei Tanten mit Pfund-ditten, Jroßmutter un' Schlafmeechens, die immer die nackten Ärsche aus die Flohkiste hielten, bei uns wohnten, Mutta war helle und hat Vata'ns Pathenjeschenk alle zwee Tage det jrosse Einmaleins abjefragt.

Aba eenmal is' wat passiert, det wär ick nich' verjessen, ick dreizehnjährige Kröte war Schuld dran. Die Angst, det kennte rauskomm, mir hing een Drömel hinten raus, da konnt sich een Affe druff schaukeln, ick fand for mein Arsch keen Proppen.

Den ollen Herrn hat's aba jut getan, so wat jab's zu Hause nich. Früh, bei's Zeitungsaustragen

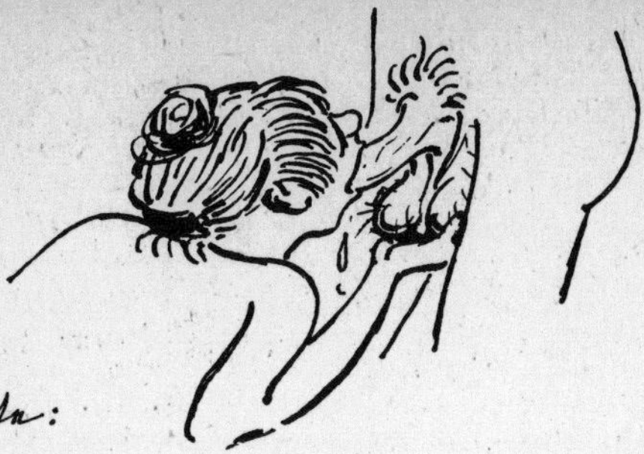

Lutschlinse:

So is' et richtig, Boll'njuste, hast jleich janze Arbeet jemacht! Mit een Schnitt jeschieden un' ooch jleich zwee richtig jesunde Witwern!

Aba so wat jabs bei uns zu Hause nu' nich, von wegen mit die Verwechselung von die Geschlechts=teile. Wenn ooch zwee Tanten mit Pfund=ditten, Großmutter un' Schlafmenschens, die immer die nackten Ärsche aus die Flohkiste hielten, bei uns wohnten, Mutta war helle und hat Vatans Pathenjeschenk alle zwee Tage det jroße Einmaleins abjefragt.

Aba eenmal is' wat passiert, det wär ik nich' verjessen, ik dreizehnjährige Kröte war Schuld dran.

Die Angst, det konnte rauskomm, mir hing een Drömmel hinten raus, da konnt sich een Affe druff schaukeln, ik fand for mein Arsch keen Proppen.

Den ollen Herrn hat's aba jut jetan, so wat jabs zu Hause nich. Früh, beis Zeitungsaustragen

*Heinrich Zille, aquarellierte Lithographie,*
*Variante zu den »Hurengesprächen«*

Lutschliese.

haben mir die Bäckerjungs, uff den dustern Treppen unter die Röcke jeklaut. Die ollen Saufsäcke, die des Morjens erst nach Hause kam, die hab'n mir det Minett beijebracht, det war'n meine Bananjroschen. Abend's, in die dustern Budickerkeller und Destill'n, wo ick die Zeitung'n brachte, kroch ick unter die Tische rum und lutschte den oll'n Kerl's, die bei's Kartenkloppen hockten, een ab. Die ließen sich jarnischt merken und hab'n janz eisern weiter jespielt, det Jeld hab' ick mir aus de Westentaschen jelangt, meine Kunden wußten det schon. Ooch hab'n mir Frau'n aus den Kintöppen mitjenomm', da lernt ich fleißig
spitz machen.

Aber nu komt det dicke Ende, warum
ick tagelang so ne scheißende
Angst hatte.
Ick kam an eene Hosenklappe, die
jing so schwer uff, – die kannt ick, – die drei
jroßen weißen Perlmutterknöppe hat ick erst
Sonntagsnachmittag mit schwarzet Jarn ranjenäht
– det war Vater!

haben wir die Bäckerjungs, uff den duftern Treppen, unter die Röcke jeklaut. Die ollen Saufsäcke, die des Morjens erst nach Hause kam, die hab'n wir det Minett beijebracht, det war'n meine Bananjroschen. Abend's, in die duftern Budikerkeller und Destill'n, wo ik die Zeitungen brachte, kroch ik unter die Tische rum und lutschte den oll'n Kerl's, die bei's Kartenkloppen hockten, een ab. Die ließen sich jarnischt merken und hab'n janz ruhjer weiter jespielt, det Jeld hab' ik mir aus de Westentaschen jelangt, meine Kunden wußten det schon. Oft hab'n mir Frau'n aus den Kintöppen

mitjenomm'; da lernt ik fleißig spitz machen.

Aber nu kommt det dicke Ende, warum ik tagelang so ne schrißende Angst hatte.
Ik kam an eene Hosenklappe, die jing so schwer uff, — die kannt ik, — die drei jroßen weißen Perlmutterknöppe hat ik erst Sonntagsnachmittag mit schwarzet Jarn ranjenäht — — det war Vater!

Der neue Tag